영취산
진달래

영취산 진달래

발행일	2017년 5월 1일

지은이	김 월 한		
펴낸이	손 형 국		
펴낸곳	(주)북랩		
편집인	선일영	편집	이종무, 권혁신, 송재병, 최예은
디자인	이현수, 김민하, 이정아, 한수희	제작	박기성, 황동현, 구성우
마케팅	김회란, 박진관		
출판등록	2004. 12. 1(제2012-000051호)		
주소	서울시 금천구 가산디지털 1로 168, 우림라이온스밸리 B동 B113, 114호		
홈페이지	www.book.co.kr		
전화번호	(02)2026-5777	팩스	(02)2026-5747

ISBN	979-11-5987-553-3 03810 (종이책) 979-11-5987-554-0 05810 (전자책)

이 도서의 국립중앙도서관 출판예정도서목록(CIP)은 서지정보유통지원시스템 홈페이지(http://seoji.
nl.go.kr)와 국가자료공동목록시스템(http://www.nl.go.kr/kolisnet)에서 이용하실 수 있습니다.
(CIP제어번호: CIP2017010399)

(주)북랩 성공출판의 파트너

북랩 홈페이지와 패밀리 사이트에서 다양한 출판 솔루션을 만나 보세요!

홈페이지 book.co.kr	자가출판 플랫폼 해피소드 happisode.com
블로그 blog.naver.com/essaybook	원고모집 book@book.co.kr

김월한 시집

영취산
진달래

북랩 book Lab

가시나무새

긴 가시에 가슴을 찔러 신에 미소를 짓게 하였다는 가시나무새 울음처럼 가슴 밑바닥의 선혈을 토해내는 곡비를 진정 표현하고 싶었다. 그러나 언제나 쓰고 난 뒤의 부족함은 또다시 가시나무를 찾아 고독의 등짐을 진 채 낯선 길을 나서게 한다.

허난설헌(허초희)이 자신이 지은 시를 동생 허균에게 모두 태우라고 했던 유언처럼 나 또한 모두 삭제하고 싶었다.

그러나 아쉬운 망설임에 결국 책을 만들었다. 그럼에도 부끄럽기만 한 것은 어쩔 수가 없음을 이해하여 주시기를 바라며 읍소하는 바다. 그리고 내게 글을 쓰도록 용기를 준 내 친구 한국의 명강사 박종준 원장(자아완성)에게 진심으로 감사를 전한다. 고맙습니다.

2017년 5월
김설한

차 례

그리움

가을 하늘은 높이 날고
나는 땅을 긴다
하늘은 세상을 품지만
나는 눈으로 세상을 훔친다

나는 가슴으로
그리움을 노래하는 나그네
옛날은 가고 없으나
가을 바람은
그리움 되어 뼛속으로 스민다

붉은 해는 서산 너머 지나
그리움의 해는 영원한 것
간이역을 무심하게 지나는 기차가
가슴을 서늘하게 하는 것은

저 세상에서
날 모른 채 아니 모르는 척
지나는 내 사랑하는 사람일까 봐

난 늘 가슴에 그리움을 안고 사는

영원한 나그네인 것을…

봄에 온 홍매화

천상 화원에 씨앗이
천공을 지나 세상에 내려
양지에 피어난 홍매화

동장군을 머리에 이고
봄에 온 홍매화에
가쁜 숨결이 느껴진다

손대기엔 차마 부서질까
눈으로 보기조차 눈이 부셔
차마 마음으로 다가섭니다

그렇기에 꽃잎에 맺힌 이슬은
아름다움에 겨워 울어 버린
내 눈물일 수도

기억을 멎게 마소서

임이시여
내 몸이 숨을 거두기 전에
내 기억을 멎게 하지 마소서
아이들을 잃을까 두렵나이다

임이시여
내 몸이 숨을 거두기 전에
내 믿음을 멎게 하지 마소서
님께서 날 모른다 할까 두렵나이다

임이시여
세상을 떠난들 내 갈 곳이 있으리니
죽음이 두렵지 않은 것은
내가 믿음의 줄에 달려 있으리니

아멘

황산 연가

우물 안 개구리 같은 세상 너겁이
가슴을 키우고 싶어 그토록 오고 싶었다
옹졸함으로 가득 찬 내 가슴에
구름 한 점 담아 오고 싶었기에

깊은 협곡마다 웅비하려는 구름바다 위엔
태양빛이 구름을 가르고
파도처럼 일렁이는 구름을 가르는 바람은
내 가슴 안에 옹졸함을 쓸고 가며
서러운 눈물까지 씻어 간다

임이시여!
나 자신도 알 수 없는 기도로 내가 지치나이다
이길 수 없는 생각들은
아름다운 절경에 홀려 무아지경에 이르지만

임이시여!
눈물로 내 눈을 가리지는 마소서
내가 임을 마주하며
바람에 실려 오는 임의 말씀을 듣나이다

시편 68:16
너희 높은 산들아 어찌하여

하나님이 계시려 하는 산을 시기하여 보느냐
진실로 여호와께서 이 산에 영원히 계시리로다

아멘

영취산 진달래

천 년을 묵음으로
세월을 삭히는 청산의 바위에
그대 이름 내 이름 새기리라

영취산 진달래 꽃잎에 맺힌
아침 이슬은
어둠의 강을 건너온 억겁의 메시지

이슬 같은 그대 맑은 모습을
진달래 꽃잎에 달아
그대 날 찾아들 때

내 슬픔을 토한 빛깔로
나 이제 돌아가리
꽃잎 지는 그곳으로 나 돌아가리라

아내

홀깃 바라보는 눈길만으로도 쌓인 정은 산만 하다
둘이서 손잡고 걸어온 길이 구만리런가?
남은 길이 그보다는 짧겠지만
구만리를 다시 걷는 여유로운 마음으로
사랑으로 손잡고 가자
산길 낙엽 쌓인 오솔길로

내일 다시 볼 수 없다는 생각이
두 사람밖에 걸을 수 없는 오솔길이
그래서 나는 좋다
낙엽 밟는 소리가 이토록
세상의 그 어떤 소리보다 좋을 수가

이 모든 것들이 외눈 한 번 감는 동안 지난 것이라
남은 외눈은 잠들지 않겠다고
파란 호수를 닮은 당신 눈만을 바라보리다
당신 눈은 푸른 하늘도 닮았다

대청봉 일출

임이시여
내 가슴에 감동의 잔이 넘치나이다
사람들은 일출을 보고 있지만
난 임의 영원함을 봅니다

임이시여
거짓과 위선을 벗게 하소서
너무나 더럽고 추하여
맹수조차 고개를 돌리나이다

임이시여
오직 진실만을 보게 하소서
오직 진실만을 깨닫게 하소서
오직 임만을 그리게 하소서

아멘

내 작은 여명

어스름 새벽에
그릇 부딪치는 딸그락 소리가
시간을 깨우는 것 같기에
아내는 시간을 지배하는 것 같다

조용한 나비 날갯짓의 바람 같은 움직임
모시치마 사각대는 소리는
내 마음마저 흔들어 깨운다

아내의 미소와 햇살은 닮았다
때론 바깥세상의
우울함이 가슴을 어둡게 하지만
아내의 미소는 행복의 그림자로 가슴을 채운다

오늘도
이발사에게 내 머리를 맡기듯
당신의 따스함에 내 마음 의탁합니다

노을이 질 무렵

한 소년이 봄 오는 길목에서
하늬바람을 꿈꾸었다
꽃잎을 기억하며 향기를 기억하며

꿈에서 깨어나
꿈속의 기억들을 더듬어
세월 속에 그리움과 기다림을 심어 놓았다

오지 않을 꿈인 줄을 알지만
세상에서 그 미혹을 버릴 용기는
나지 않아
그대로 두었다

저녁노을이 나이를 일러줄 때쯤
허무와 아쉬움을
세월 바람에 떠나 보내려 할 때쯤

불현듯 용기가 그 기억들을 써 내려가게 한다
아름다운 모습과 향기를 해 질 무렵에
기억 저편으로 보내려다 이제야 꿈을 쓴다

봄바람이 마음 자락을 스친다

어느 날 불어오는 실바람이
내 마음 자락을 스치고 지난다
찬 바람 속에 봄바람처럼 연푸른 냄새로
젊은 날들의 향수를 깨우며…

바람 부는 대로 풀잎처럼 내 마음도 흔들려
내 마음 머무는 곳에 바람도 머물기를 바라지만
바람은 제 갈 길이 있겠거니
내 가슴 또한 봄바람에 구멍 뚫린 곳으로
허한 바람 맞을 것을 안다

그리고 어쩔 수 없이 바람이 남긴 흔적 위에서
바람이 가버린 남쪽을 향하여
흐린 하늘을 하염없이 바라보겠지
어쩌면 오랫동안
치유되지 않을 가슴에 상처를 달래며…

기도의 풍요

예닐곱 살 어릴 적
내 호주머니에 구슬 세 알
걸을 때마다 딸그락 딸그락

달음질할 땐 행여 흘릴까
호주머니를 꼬옥 잡던 기억들
구슬 세 알에 마음은 풍요로웠다

세월이
반세기가 흘렀어도 잊을 수가 없지만
지금은 기도로 구슬 세 알을 대신한다

임이시여
먼 나라 하늘 아래 내 동무의 행복과 건강을
늘 곁에서 지켜 주옵소서

아멘

해 뜨는 월출산

내 마음 가는 월출산
그리움 있기에
월출산 구름 냄새조차 그리웠다

산허리 휘감은 구름 속에
피어난 동백화원에
내 그리움 묻고 오려니

신성한 이곳에 네 가슴속 사사로움을
두고 가지 말라며
바위를 치는 바람이 내 가슴을 때린다

상실의 시대에
밤마다 울어대는 소쩍새처럼
임을 부르짖어 보지만

영혼조차 모래알처럼 부서지며
정상에 설 때쯤 해 뜨는 월출산은
또 다른 시작을 보여줄 뿐이다

바람에 묻는다

바람아 너 쉬어가는 곳 어딘가?
봄이면 꽃들과 입맞춤하며
숲 속을 휘돌아 너 쉴 곳을 찾아드는가?
나 평생을 돌아 돌아 내 쉴 곳을 바람에 묻는다

바람아 너 쉬어가는 곳 어딘가?
여름이면 새들을 하늘 높이 날리며
새털 같은 구름 속에 너 쉴 곳을 찾아드는가?
난 뜬구름 잡으려 허송세월로
세상을 저만치 지나왔다네

가을 바람아
너 갈 땐 날 모른 체하여 주시게나
또 한 해를 보내며 행여
내 이마에 또 하나 주름살을 패어 놓지나 마시게

세월은 바람 닮아 덧없이 잘도 가는가?
겨울 바람이여 속세 같은 눈보라 속에
날 가두어 놓지는 마시게
아무렴 나라고 겨울 없는 세상 지나고 싶지야 않겠나

바람은 내 마음이니
바람은 내 마음의 고향이려오

삶의 지혜조차 필요 없는 세상 다가오려니
내 인생이 바람이 아니고 무엇이겠소

태양의 새

까~악 까~악
새벽 짙은 안개를 뚫고 들려오는
까마귀 소리가 매우 신비롭다
동녘 하늘에 한 줄기 빛을 휘감은 채
나타난 까마귀가
내 스승처럼 보이는 것은
그 소리가 매우 점잖은 스승의 훈시처럼
엄하게 들리기 때문일 것 같다
오늘도 네 양심을 흑심으로 가리지 말라!
양심을 앞세워 따르라 하시는
스승의 말씀이 언제나 화석 같은 기억으로
날 인도한다
허나 그럼에도 그 말씀을 따른 기억이 별로 없음이
언제나 날 괴롭게 한다
까~악 까~악
오보에처럼 아름다운 소리가
어제처럼 오늘 아침도 스승의 엄한 음성처럼
내 귓가를 맴돈다

장인의 영면

호수가 내려다보이는 북망산에
장인 어르신과 나란히
동이 트는 아침을 맞는다

붉은 보에 싸인 채
호수에 잉태되어 있던
태양이 하늘로 솟는 순간이다

구름조차 날개를 접으며
바람조차 긴장하는 순간
호수도 거룩함에 잔물결로 몸을 떤다

이것이 탄생의 신비인가?
영면이 있다면
탄생도 있음으로 가족들을 위로함 같다

그 너머 시간

임이시여
내가 깊은 이 밤에

홀로

임을 맞기 위해
호흡을 멈추나이다

내 마음에
고요를 불러들여

영혼과 삶의 원점으로
시간을 돌리나이다

시간의 영원 속으로

결코 멈춰질 수 없는
시간의 영원 속으로
난 어디를 향하고 있는 것일까?
빛을 등진 채
어둠을 향한 것은 아닐까 두려워

생의 허물을 털어 버리고자
하늘 가까이 산상에 서며
두 눈은 하늘을 향하지만
언제나 가슴은 아프고 아린 눈물로
가득 채워질 뿐이다

순백의 언어를 하늘로 올리고 싶지만
언제까지 웅크린 모습으로 고개 숙이며
두 손을 가슴에 모은 채
거대한 세파에 실려 어쩔 수 없이
어디론가 떠밀려 가는 나약함뿐이다

둘만의 미완!

당신의 두 눈을 볼 수 있기에
당신의 음성을 들을 수 있기에
내 삶이 행복합니다

내 생애 나머지 여백도
당신의 감성으로 채워지기를
소원하렵니다

아마도
그리움을 만질 수 있다면
그것은 당신이겠지요!

그러나 우리의 미완은 사랑이랍니다
왜냐면
그것은 내일도 가슴으로 채워야 하니까요

열납

이따금
예배 시간에 서둘러 도착하여
기도하는 정성과

높은 곳을
불편한 두 다리를 끌며
고행 끝에 올리는 할머니의 기도

어떤
기도를 신은 열납하실까?

단청이 너무 아름답다
푸른 가을 하늘과 너무 닮았다

저 모든 아름다움이
아내와도 너무 닮았다

하얀 재가 되어

햇살이 내리는 창가에
새 한 마리 앉아
지저귀다 이내 사라진다

그것이 내 인생

세상에 나와
한마디 내뱉고 사라지는 것이
내 인생

창가를 스치듯 지나는
새들처럼
인생도 세상 창가를
스쳐 지나는 것일 뿐

무슨 또 다른
의미가 있겠나?

내 이름만 하얀 재가 되어
바람에 흔적도 없이
사라질 뿐이다

천불동 계곡

산봉우리에서 부는 칼바람이
세상 인심처럼 차갑다

온몸을 때리는 댑바람이
세상 풍파처럼 세차다

저 산 너머에서 불어오는 댑바람에
부대끼는 나무 소리

서로 비난하는 세상 소리처럼
소란스럽다

어차피
나도 그 세상에 동화되어 살며
한길 찾는 나그네이리라…

작은 세상

내가 사는 세상은
작은 세상

높지 않은 파란 하늘에
작은 흰 구름이 흐른다

높은 꿈이 아니어도
가슴 벅찬 기쁨이 아니어도

작은 행복은
내 작은 가슴을 채운다

나는 작은 공간에 갇힌
손자가 있는 행복한 할비라오

피안의 안식처여

내 안에 당신이 있는 것을
당신 안에 내가 있는 것을
나도 알고 당신도 알고 있다

내가 죽어 당신도 죽을 것을
당신이 죽어 나도 죽는 것을

내 안의 절반은 당신 면역체
당신 안의 절반은 나의 면역체
그것은 사랑의 면역체인 것을

어찌 홀로 살아갈 수 있으리오
영원한 우리의 피안의 안식처여…

실업자들의 비애

그렇게 가을 떠난 언덕에
나뒹구는 낙엽들
신념은 죽고 희망은 가버린
빈자리 같다
바람에 나뭇가지 부대끼는
저 소리는
애처로이 희망 찾는 민초들의
울부짖음 같다
가을 가고 겨울 오는 소리
그 자리엔 민초들이 나목되어
떨고 있건만
가을이 입혀준 색동저고리
떨어지고
희망 가버린 남쪽 향한
울음소리가
차가운 높새바람 된 곳에
민초들은 겨우내 서 있다
신념의 그리움일까?
희망의 그리움일까?
민초들의 원망은 한이 되어
가슴엔 한설만 쌓여 가는데
봄은 다시 올 것인가?

부아산

어둠이
내려앉는 부아산에

뻐꾸기
가지 위에
졸린 눈으로
꾸뻑거릴 제

숲에서
소쩍새 반딧불이
눈 뜨며 기지개 켠다

우리 아이들
고단함에 깊은 잠은
별이 되어

부아산 너구리랑 노루가
친구 되어 뛰노는 꿈
꾸는 것을

부아산은
그렇게 동심의 비를 맞으며
영원하리라

덕유산

세상의 너겁이
신의 비경을 훔쳐 보려
덕유산을 찾았다

원추리꽃 피는 봄 여름보다
눈꽃을 피우는
겨울이 더 아름다운 산

단풍 드는 가을보다
하얀 비단이 너울대는
그 겨울이 더 아름다운 산

하늘이
아름다운 설경을 내리기 전
그 속살을 먼저 보고 싶어
찾아온 덕유산

덕이 많아
너그러운 모산이라
덕유산이란다

또 다른 여명

절망의 눈빛보다 노을빛을 닮고 싶어
저물어 가는 석양을
하염없이
바라보던 젊은 시절이 있었다

일몰 직후의 모습이
일출 직전의 모습에서도 보인다
어제 보았던 해 그림자가
오늘 다르지 않은 것처럼

어제 내 일상이
오늘도 같다는 것이 학습화되어
길들여진 삶처럼 느껴진다

그렇게 보내진 세월 속에서
이제 황혼의 들녘을 아내와 손잡고 걸으며
일출에서 또 다른 여명의 삶을 보고자 한다

파도처럼

번뇌함이
파도처럼 밀려와
마음을 괴롭혀도

아내가 있어
마음은 평안해진다

즐거움이
파도처럼 밀려간들

그 자리에
아내가 있기에
행복은 영원하리라

포용

냇물은
바다의 깊이를 모른다

그래서
냇물은 바다를 향한다

바다를
닮기 위하여

억새

잎새 끝에 달린 이슬 방울에
억새가 고개 숙였네
행여나 그것이 눈물이리오?

바람이 위로한들 슬픔에 겨워
한 번 숙인 고개 들 줄을 모른다

그믐달 뜨는 밤에도 억새는
바람 소리조차 사랑의 속삭임처럼
그날들의 추억에 잠 못 이루며

지나는 길손들의 뭇 사랑 이야기조차
무게가 되어 가슴에 쌓이고 쌓인다

억새는 가을의 공허함을 지나
첫눈 나릴 때야 스스로 몸을 꺾어
가슴에 담아 놓았던 그리움도 비로소

내려놓는다네
오로지 내 깃 한 조각 바람에 실어 보내어
행여 그의 발밑에 닿기를 소원이나 할까

내 삶의 가을

여름이 열기를 흘리고 간 자리에
가을을 품은 코스모스 한 송이
자갈 틈 사이로 가녀린 몸매를 드러낸다

여름 동안 비바람 구설을 머금은 채
한대 속에서 피어난 코스모스
바람에 흔들리며 길손들에 미소를 흘린다

한가을 설핏 꿈속에서
난 철 늦은 코스모스로 세파에 흔들리며
가을 하늘을 향하여 춤추며 노래한다

어허디 어허디어~ 어디로 갈꺼나
가을밤 꿈속에서 깨어난 축축한 세상
허무와 아쉬움 등짐 지고 구만리 오색길 떠날꺼나

회한

멈춰진 기억 속에 그리움 하나!

내 마음은 해마다 이맘때쯤
그곳에서 서성대며 가슴앓이를 한다

오래전 내 삶에서 잠시 머물던 그 추억
어쩌면 그 회한 속에 갇혀 살아왔는지도

가을 하늘은 늘 그 모습을 보여준다

기척 없이 왔다가 기척 없이 가버리는
그리움은 내 안에 바람이려니

그로부터 수많은 세월 지난 지

가지 않은 길이 후회의 바람으로 가슴을 할퀴며
끝없는 시간들만 속절없이 지난다

재스민 꽃

작은 꽃
작기에 가슴을 아리게 하는 꽃

천 리를 가도
가슴으로 기억하게 한다

재스민 꽃

작은 것이 부끄러워
작은 향으로 나를 맡게 하나

영원히
가슴에 남는 향기

내 사랑

기억으로 내가 죽어
영원할 나의 사람아

기다림

해 질 무렵 들판 갈대숲은
바람에 부대껴 슬픈 울음 울며
뜸부기 울음에 내 마음은 서러워진다

입술을 깨물며
당신의 그림자 기다리던 초조함 뒤로하지만
당신의 바람이 강을 건너 갈숲을 지나 나를 지난다

지척에서 불어대는 바람은
갈대 그림자 흔들어대지만
기다림에 지친 내 마음은 어딘가 갈 곳을 잃는다네

지는 노을은 서산에 아름다운 무리를 남기며
기러기 울음마저 머리 위를 지나지만
난 당신이 바람으로 주고 간 그리움에
가슴만 저려 온다네

끝없는 사랑

만야를 지새며
먹물의 밀도가 짙어지는 밤이 올수록

이름 석 자 하나가
가슴에 먹물로 배어 나온다

수만 번을 불러 재가 될지라도
내 안에 맴도는 사람

하루하루를 그리움으로 채워도
못다 채울 사랑

아~
내 생애 마지막 남은 하루마저

넋으로 흩어질 영원할 사랑이여
내 사람아 내 사람아

신시도 대각산에서

바다에서 태어나 바다가 고향인 섬들
바다가 품어 주는 그 섬 마당엔
작은 바다 이야기들이 몽돌처럼 구른다

사랑한다 소리 높여 부른들 들리지 않는
피안으로 가는 갈림길에서
아픈 가슴 무너뜨리며

슬픔에 흘린 눈물이 바다에 떨어져
점 같은 섬들 되었나
점 같은 섬들이 눈물 구슬 같다

오랜 세월이 흐른 지금도
그 섬엔 망부석 하나 서 있어 비바람
눈보라 가슴으로 맞으며 하늘만 바라본다

애달픔으로 눈물 구슬 알알이 꿰어
당신 가는 그곳까지
눈물바다 위에 흩뿌려 놓았으리니

징검다리 삼아 피안으로
한 발 건너 한 발 그댈 사랑한다

못다 한 말 하고 싶어지는구려

큰 누나

나 어릴 적
큰 누나 시집갈 때 모습은 천사였다

분 냄새 하얀 얼굴
색동저고리 그 모습이 너무 고와

백합꽃과 향기는
큰 누나 냄새와 모습으로 코끝이 찡하다

백합꽃 필 때면
큰 누난 기억으로 찾아와 나를 업는다

큰 누나 등은 나의 요람
지금도 곤한 잠에 큰 누나를 부르다 지친다

망부석

썰물이 또 다른 바다를 채우려
달님 따라 뒷걸음질 친다

저 넓은 세상을 향한다지만

아기 물고기는 조그마한
물웅덩이에 홀로 갇히고 말았다

그러다 그만 햇빛에 물 말라
아기 물고기 죽고 말았지

썰물이 달 먹은 소금기
가득 채워 밀물로 돌아오기도 전에

아기 물고기는 울다 지쳐
쓰러질 때까지 엄마를 찾았다네

임 떠난 내 작은 가슴에 채울 수 없는
그리움조차 메말라

허기진 그리움으로 나 그만
임 떠난 자리에 망부석이 되고 말 거네

내 가슴의 곡비

내 가슴에 출렁이는 검은빛
차가운 밤바다
슬픔과 방랑의 파도가 높다

거름덩어리 같은 내 몸뚱아리 방랑에 던져져
영혼의 자양분을 담아낸들
임이 주신 생명의 말씀 한마디만 하겠나?

내 시간은 어디까지 갈 것인가?
끝없는 시간일 거라는
젊은 날들이 지나고

빨라지는 초침 앞에 선
내 영혼은 초췌한 모습으로
빈 하늘을 난다

세상 끝자락에 다가오면서
뒤돌아보는 발자욱이 끝없음은
서글픔 같기도 아쉬움 같기도

세월의 손길에 이끌려 온 낯선 곳에서
가슴엔 알 수 없는 곡비 같은 찬비만
허전한 가슴을 채운다

늦은 오늘 밤

늦은 오늘 밤
내일이 그리워
눈을 감는다

이 선잠이
영원한 잠이 아니길
기도하며

가슴에 못다 채운
사랑의 이야기들

내 아내의 사랑도
내 아이들의 사랑도
영원한 것을

난 오늘 꿈을 꾼다
내일의
사랑에 동화를…

마니산

오늘 난

바닷물이 채우지 못한
뭍을 오른다

날 기다리는
생각들을 만나기 위하여

허허로운 가슴은
생명의 양식을 갈구하며

영혼은
황량한 사막을 헤맨다

임의 말씀들이 내 영혼에
깃들기를 갈망하며

미천한 눈길 닿는 그곳에
임 보기를 희망하며

오늘 난

바닷물이 채우지 못한
뭍을 오른다

바람의 언덕

바람 불어오는 곳은
알 수 없으나
바닷가 언덕의 바람개비는
바다를 향하고 있다

보이지 않는
수평선 너머를 바라보며
난 알 수 없으나 바람개비는
그 너머를 알고 있는 것처럼…

바다가 침묵할 땐
바람개비도 침묵한다
침묵의 의미를 알까
나 또한 바다를 향해 침묵의 항해를 한다

수백 마디의 언어보다
침묵의 숭고한 진리를
깨닫기 위해…

네 그릇

어느 날
스승이 내게 그러신다

세상을
다 알려고 하지 말라 하신다

세상을
다 아는 척도 하지 말라 하시며

네 그릇이
종지밖에 아니거늘

미움과 시기를 담고도
빈 곳이 있겠느냐? 하신다

그래서 나는 침묵만 담는
그릇이 되겠습니다 하였다

한라산

그리움의 탑이 높아
무너진 그리움까지
가슴에 안고 찾아온 한라산
두 눈동자만이 고요히 젖는다

산을 오르며
가쁜 한숨을 들이쉴 때에
영산의 정기를 마시며
또 한 걸음 걸으며
검은 내면을 토해 낸다

나는 산이 좋다
병아리가
어미 가슴을 파고드는 것처럼
나 또한
숲 속에 내 몸을 숨긴다

오늘 난
한라산의 전설을
밤새워 들어 보련다

마른 백록담

한라산의
커다란 입이 목이 마르다며

하늘을 우러러
갈증을 호소하는 것 같다

솜사탕 같은 안개를
입안 가득 물고 있어 보지만

안개는 뱀처럼
꼬리를 길게 늘어뜨리며
맴돌다 사라질 뿐이다

백록담이 하늘을 우러러
탄식하며 호소한다

나도 백두산의 천지처럼
신비와 경이를 닮고 싶다고
닮고 싶다고…

산 그림자

산 그림자가
내 발길을 잡으며
나를
시간 속에 가둔다

영원을 꿈꾸며
나는
한 마리 사슴 되어
영혼의 자유를 누리며

오늘은 이 산
내일은 저 산
얽매임 없이 자유를 누린다

전설의 풀잎을 뜯으며
자유의 노래를 부른들
누가 탓하랴

난
언제까지나
영혼의
보헤미안이고 싶다

추억의 벤치

여름비에 봄의 흔적 지워진 자리에
산 까치 한 마리 비에 젖고
떡갈나무 잎사귀에 고인 빗물이 주르륵
참새 머리 위를 구른다

가을엔 낙엽이 바람에 구르던 자리
겨울에 흰 눈이 쌓여
추억의 글자를 아로새기며
봄엔 꽃들이 나비를 부른다

소낙비에 세월의 흔적마저 아련해지지만
그 숲 속 공원 벤치
나와 그대의 추억이
진한 그리움의 안개로 내 눈을 흐린다

노란 양귀비

너무나 아름다운 모습에
눈앞에 안개가 서리며

감동은
슬픔 되어
울음으로 목에 걸린다

영혼은
잃어버린 날들을 꿈꾸며

숲 속에 내리는 햇살 사이를
안개처럼
이리저리 헤맨다

오래전 그리도 오래전에
쌓인 정만 남겨 놓은 채

차갑게 돌아선 그가
눈앞에 꽃으로 웃고 있어

보고픈 그리움은
끝내 나를 울리고 만다

스위스 융프라우(4,158m)

오랫동안
가슴 깊이 숨겨둔 메모 하나
융프라우!

낡아
글자조차 바스라져 바람에
날린다

언저리
그림자만이라도 밟아 보았으면
하던 바람

그러나
정상에서 시린 가슴엔 하늘만
희뿌옇다

님이시여
나의 부르짖음이 거짓되지 않게
하소서

훗날 내 아이들
머리 위에 금 면류관이 씌워지기를
소원하나이다
아멘

산이…

산이 날 오라
바람에 전령을 보내어
날 저문 것을 모른 채
창문을 자꾸 두드린다

산이 내게 이르네
하늘과 가까운 곳에
너를 세우리라

갈라진 메마른 땅처럼
네 가슴도
신념에 목말라 하는 것을 내가 아노니

님의 품 안처럼
너른 하늘을 향하여

너의
앙가슴을 열어 보이라 한다

내려놓으려 하여도
내려지지 않는 짐을 메고는 왔으나
맑은 하늘은 언제나
내 눈에 안개만 서린다

그저 내 아내와 내 아이들을
가슴에 품으며
세상과 함께 품어 주시는
님에게 두 손을 합하여
안위함을 소원한다

대릉원

천 년의 전설이 잠들어 있는 곳

윤회전생으로 천 년의 사랑에
내 가슴도 눈물로 젖는다

상사화처럼
꽃이 피면 잎이 지고
꽃이 지면 잎이 피고

어쩌면 윤회전생으로
그들이 이생에서
홀로 이곳을 다녀갔을 수도

행여 뛰어가면 잡을 수 있을까?

바람조차 서러운 몸짓으로 다가오며
눈물과 그리움의 나날로 점철된 세월들

사랑의 언약 하나로 억겁의 세월 속에
이생에서 섧디 섧게 만났으니

죽어 넋으로도 손을 놓치지 않을 것을
영원한 내 사랑아 내 사랑아…

곰배령 1

하늘이 내린 화원 곰배령!
하늘의 날을 기려 재를 오른다

바람조차
꽃들의 가녀림을 아는가
세파처럼 거센 바람은 없다

새벽
꽃잎들은 천상의 이슬을 달았으나
고개 숙인 산나리 꽃잎에 달린 이슬은
천사의 눈물 같기만 하다

때때로 슬픔은 어둠처럼 다가오나
지금 난
그 슬픈 길도 지나온 꽃들과 마주한다

아~ 산상에서
나는 의로운 중에 주의 얼굴을 뵈오리니… (시17:15)
내 가슴은 감동이 강물처럼 흐르나이다

내 인생의 사랑

시간은
고즈넉이 흘러가는 것만은 아니다
오늘이 내일까지 머물러 주지는 않을 것이며

내일 미래가 있다고는 하지만
매번 속아온 사항처럼
어떤 희망도 나와는 별개인 것 같다

그러나 그것들이 내 몫이라면
그 길이 어디가 끝인지는 모르나
가야 하지 않을까?

봄 여름 가을 겨울 계절의 반추처럼
지난 시간은 내 거울이다
미래를 알고 싶거든 과거를 들춰 보면 알겠거니

오늘 아침 비가 지나간 길이
벚꽃잎으로 물방울 무늬가 되었다
나머지 내 세월도 그렇게 아름다웠으면…

여분

어느 날
그리움으로부터 시작되는
여분의 여행길

일곱 칸의 기차 꼬리에 앉아
철커덕 철커덕 소리가
내 삶도 그렇게 지나온 것처럼 들린다

소리 내어 울고 싶어도
가슴으로만 울어야 하는 가시나무새
긴 가시를 찾아 헤매는 이유처럼

내 가슴에 그렇게 바람이 분다
긴~
설움의 낯선 바람이…

구봉산

구름다리 걸린
구봉산

영혼의 넋이
산마루에 걸려
산산이 흩어진다

구중천을 떠돌다
영혼들이 뭇 사연을
묻어 두는 곳

달빛도 별빛도
머물다 스러진다

구름이 머물러
바람도 스러진다

내 영혼도 어쩌려고
스러지나

난 세상사 구봉산에
그저
눈물로 묻으려오…

물고기 IQ

담배가
몸에
해롭다 해롭다 하니까

끊어야겠다는 각오가
태산도 이고 갈 것 같은
대장부답다

그러나 돌아서는 순간
파도에 무너지는
모래성처럼

두뇌는 물고기
I~Q!

영남 알프스

쪽빛 가을 하늘에
물든 가슴은
홀로
마음마저 시리게 한다

산하엔
가을 처녀의 각혈로
나뭇잎마다
핏빛으로 물들고

등산객들의
단풍든 옷 갓의 행렬들은
꾸불 꾸불
하늘길로 이어진
꽃상여 같다

바람의 군무인 듯
억새의 군무인 듯
그것조차
레퀴엠의 율동처럼
내 영혼도 너울 너울

내려다보이는
아내 모습은

하얀 억새밭에
한 떨기 붉은 양귀비 같고
슬픈 눈망울 한
하나
꽃사슴 같다

그리움의 날개

산은 내게
먹구름이
소나기를 몰고 오는 것처럼

가슴 벅찬
그리움으로 다가온다

한 번 가슴 적신 소낙비는
언제까지 개일 줄을 모르며

먼 산은 눈물로 가려져
사막의 신기루처럼 보인다

다리 다친 새는
날개로 저 산을 넘겠으나

난 마음에 날개를 달고
추억의 산하를 난다

당신의 눈동자

당신 눈동자는 어쩌면
산골 호수를 닮아 늘 잔잔합니다
그렇기에 바라보는 내 가슴도 늘
평화로움으로 가득 채워지거늘

산 그림자로 드리운 호수처럼
당신 눈동자는 사랑으로 드리워
내 가슴을 잔물결처럼
설렘의 파문이 일게 합니다

별들이 뜨는 맑은 밤이면
별빛을 머금은 눈동자가 되어
내 가슴속의 별들로
당신을 그립게 합니다

그러나 둥근 달이 뜨는 밤이면
홀로 당신 눈동자를 마주하는 것 같기에
외로이 눈 감아
달이 지는 새벽까지 기다릴 수가 없어
차라리 눈물로 둥근 달을 지워야 하는지요?

수수꽃다리 처녀

한적한 시골 오솔길
그 옆에 수수꽃다리 수줍은 모습으로
언제부터인가
분홍빛으로 화사하게 피어 있다

길 가던 긴 머리 소녀
뒷짐 지고 예쁜 단화 꼰지발로
수수꽃다리 향기에 취하여
고개 세워 지그시 눈 감는다

바람도 시샘하며 길지 않은 치마를
팔랑이며 지난다
수많은 날들이 지난
지금도 그 모습이 보이는 것은
내 마음은 영원한 소년인 것을…

장미가 필 무렵

뜨거운 여름날
장미꽃이 필 때면

그대 생각
아지랑이 되어 피어납니다

그러나
언제부터인가

장미가 피어나지 않아도
그대 생각이 납니다

그것은 그리움의 씨앗이
나무가 되었기 때문일까요?

동백꽃에 향기가 맺히기까지_(오동도)

그리움을 구만리 떠나 보내며
하늘만큼 보고 싶은 마음은
천 리 길을 어서 가자 채근한다

긴 겨울 동안을 그리움 하나로 인내하며
이른 봄날에 발길을 재촉하지만
동백 떠난 빈터가 아니길

폭풍과 눈보라에도 천 년 동안
붉음으로 절개를 지켜온 동백꽃
향기만은 누구에게도 주지 않는 것을

저런
가슴으로만 맡고 가라시는 것은
그가 아니라며 그가 아니기에

오늘도 내일도 기약 없는 세월 동안을
구만리 장천 그리움 맺힌 눈길로
손사래만 보낼 것이라네

산을 품게 하소서

바람이 안개를 가르며
새벽 숲을 깨운다

잔비가 안개를 뚫고
웅크린 바위 등에 앉으며

나뭇잎들에
천상의 세상을 달아 준다

풀잎에 달린 작은 이슬 방울들이
내 발등에 입맞춤과

바스락 소리로
풀벌레들을 단잠에서 깨우며

내 귓가에 들리는 끝없는 노래가
저기 산봉우리에서 들리는 것은
여느 영혼의 소리런가?

그것은 내가 들어야 할 양심의 소리
그것은 내가 외쳐야 할 양심의 소리

아~ 나의 임이시여
오를 때 빈 가슴으로 오르나
내려올 땐 산을 품게 하소서

주왕산

주왕은 가고 없으나
그의
혼령은 바위가 되어
지금도
오가는 사람들을 내려다보며
그대는
나와 인연이 있었는가?
묻는 것 같다
병사들은 가고 없으나
그들의 혼령들은
나무가 되어
지금도
산하를 지키고 있는 것일까?
폭포에서 떨어지는 물소리가
주왕의
호령처럼 들리매
바람에
흔들리는 나무들이
일사불란하게 이동하는
병사들처럼 보인다 그러나 지금은
세월이
걷어간 역사가 전설되어
나그네들의 더위만
식혀줄 뿐이다

한 잔에 한 걸음

한 잔 술에 시름을 달랜다
두 잔 술에 시름을 잊는다
석 잔 술에 흥을 섞더니
넉 잔 술엔 이미 인간성에서
네 걸음 멀리 떠나 있음을
나만 모른다
증거로
입 대신 머리에 술을 붓는다

서정적인 멜로디

음악은
내 가슴에 있는 모든 것들을
썰물처럼 빼 버린 그 자리에
한아름 슬픔으로 채워 놓는다

공허함 속에
이슬 맺힌 한 떨기 붉은 장미를 피우며
그리운 사람들로
붉은 장미꽃에 오버랩 되어
그리움 늪 속에 날 빠트린다

언제까지 고백하기 어려운 고백들을 곱씹으며
황야의 먼 길을 떠나는 나그네
등엔 그리움과 사랑으로 채워진
배낭을 둘러멘
난 그저 세상 나그네일 뿐이다

유랑자의 꿈

아이의 커다란 눈망울에
소리 없는 눈물은
가슴을 한아름 아프게 한다

저녁 노을 고이는 산마루엔
꿩 집 찾아가는 소리 들리는데

엄마 기다리는 아이는
소리 없는 눈물로 그리움을

가슴으로 삼킨다

난
석양에 길게 드리운 내 그림자
유랑의 뒤안길 그리워
홀로 아이처럼 애만 태운다

선자령 1

용모가 아름다운 여인 선자령!
은빛 주단을 곱게 차려입었다

정녕
뉘 가인이 거닐던 하늘정원일까?

꽃피는 봄을 맞이하기 위하여
가는 겨울이 못내 아쉬워

정령들이 흩뿌려 놓은
아쉬운 흔적인가?

잔가지에 걸린
춘설이 아름답다

여유로운 세월 속에
나는 내 옆에 가인과

하늘이 펼쳐준 은빛 주단 위를
천천히 오래오래 거닐겠다

선자령 2

선자령!
산상에서 바라보는 하늘은
언제나 님의 모습으로
내 소원을 들어 주실 것 같아
감동과 은혜의 눈물이 양 볼을 타고 흐른다
눈이 시린 은빛 설원과
끝없이 넓고 높은 하늘이 맞닿은 이곳엔
오직 임에 대한 신념과 간구함만이 존재할 것 같아
나는 기도로 내 발자욱 하나에
내 소원을 하나씩 묻고 가겠다
임이시여!
아내의 발자욱 하나에도
아내의 소원을 한 가지씩 묻고 갑니다
한 발 두 발 세 발…
점점이 끝없어 보여도 모두 들어 주소서!
내 지인들의 소원도 내가 지고 왔나이다
나를 아프게 하는 기억들도 망각에 이르게 하소서!
오늘도 임을 그리워하는 마음과
아내와 아이들을 사랑하는 마음만을
가슴 가득 안고 돌아가겠나이다

백덕산을 그리며

의미에 대한 갈망은
이따금 빛도 없는 고독의 숲 속을
방황하게 한다

내가 어느 곳에서 왔고
어디로 가는 것인지?

헛된 꿈과 망상들의
열매로 가득한 고독의 숲

포수에 쫓기는 사슴이
어둡고 후미진 곳에서
떨고 있는 것처럼

내 영혼도
지금 떨고 있는 것을

산상의 바람만이
내 귓가를 스치며
정상을 오르라 한다

그곳에
네 가슴을 벅차게 할
의미가 있지 않느냐며…

눈 내린 선자령이 보고 싶다

눈 내릴 땐 산을 바라본다
눈 내린 선자령을 잊을 수가 없어서

가지에 앉은 눈들이 하얀 주단을 걸치고
하늘에 제를 드리는 정령들 같기도 한 모습들

그 모습들 앞에 선 아내 모습은 선자
그 모습도 옛날

잠시 머문 곳은 발자욱도 깊지 않은 것을
정든 슬픔 또한 깊지 않은 것을

한 곳에 머물 수 없는 바람처럼
잠시 머물다 사라지는 봄눈

그러나 기억은 각인된 것처럼
영원히 머물 추억으로 남는다

아내의 기도

임이시여!
아내의 영원한
기도를 들어주소서

아내의 기도가
하늘에
상달되기를 소원하나이다

아내의 기도는
제 몸 사르는 촛불인 것을
탯줄부터 시작되었나이다

기도 할 때에
가슴에 아픈 눈물이 흐르는 것을
임께선 아시거늘

부모님을 위한 기도에서
내 아이를 위한 기도로
내 손자를 위한 기도까지

언제나
자신을 위한 기도는 아니었나이다
이제 나의 기도를 기꺼이 들어 주소서

내 가슴을 아프게 하사
아내의 가슴에 영원한 평안이 깃들기를
소원하나이다

아멘

설악산 <small>(대청봉)</small>

새벽 북극성을 보며
62년 3개월 그 세월을

설악산 대청봉!
제단 위에 내려놓았다

내 살아온 세월 중에
허물들이 덤불이라면
태워 버리겠거늘

먼지라면 설악산
바람에 날려 버리겠거늘

내 살아온 허물이
하늘을 덮는다

하물며 오늘 이곳에서
하늘을 닮은 마음만
가슴에 담아 가겠다

분홍색 카네이션

저기 작달막한
저 꼬부랑 할머니
걸음걸이 당당한 것 좀 보소

실로 짠 낡은 털모자 쓰고
손녀가 입었던 것인 듯
단추 없는 긴 가디건을 입고

넓은 팔자걸음에
아따
팔은 옆 사람 치것네

낡은 가디건 자락이
걸을 때마다 이리 펄럭 저리 펄럭
앞서 땅에 닿을 듯

마치
나라님에게 훈장 받고 돌아서 나오는
거만한 걸음걸이일세

그렇소! 내 새끼 잘 키워 냈다고
세월이 준 훈장보다 더 큰 훈장이
세상에 또 있것소?

넋으로 흔적을

산마루 너머
나 좋아하는 오솔길

아내와 함께 걸으며
넋으로 흔적을 남길까?

하면
계곡에 던져 놓아

우리 아이들 혹여
할미 할비 부를 때

메아리가 되어
사랑한다 할꺼나

동트는 자봉마을

동트는 자봉마을 아침
뻐꾸기 목청 가다듬고 뻐~꾹 뻐~꾹
딱따구리 속 빈 나무 패는 소리 따다다다
까마귀 아침 햇살 머리에 이고 까~악 까~악
오보에 소리로 집집마다 자명종 소리 배달한다
까치는 소란스럽게 깍깍거리며
아침부터 텃세 부림에
홀로 사는 새들의 쫓기는 소리가 소란스럽다
산중엔 옅은 아침 안개가
계곡을 흐르는 자봉마을
쑥꾹새는 쑥-꾹 쑥-꾹 날 잊지 말아요
홀로 아련히 자기 이름으로 울어댄다
언젠가는 자봉 자봉 노래할 것처럼…

바람의 훈계

안개 낀 동강에 바람이 일어
하늘에 흰 구름이
하늘 끝으로 흐른다

바람 같은 음악 한 곡에
내 가슴엔
한 움큼씩 사랑에 앙금이 내린다

바람은 불어
가슴속 앙금 같은 사랑을 휘저으며
살아 가슴에 채워 놓으라 훈계한다

휘~이 휘~이
죽어서조차 내 무덤에 피는 꽃말
귀하고 귀한 내 사랑

아내를 사랑함에
내 아이들을 사랑함에 겨워
나 여기 영원히 누웠노라고…

가을 바람

가을 바람은 낙엽을 흩트리며
알량한 세월만 쓸고 간다
고독만 남겨 놓은 채

고독은 영혼에 엉겨
편서풍을 타고 천 리 길을 떠난다
딱히 그리워할 대상도 없으면서

가을 바람은
세월의 갈피를 뒤로 하나 하나 넘긴다
딱히 그리워할 대상도 없으면서
가슴은 아려온다

그렇게 정신을 흐려 놓고
홀연히 사라지는
가을 바람은 얄미운 심술쟁이다

백덕산

산을 생각하면 가슴에
그리움이 가득 차고

산상에서 하늘을 바라보면
마음도 운다

그리고
가슴이 뜨거워지는 것은

임이시여!
내 눈에 흐르는 눈물은
임 때문임을 아시거늘

언제나 가슴은 사악함으로
가득 차 있으면서
임을 부르짖나이다

가슴은 돌보다 무거운
죄로 가득 차
걷기조차 힘이 드나이다

임이시여!
이 사악함을 어찌려는지요?
내가 두렵나이다

옥순봉 구담봉

옥순봉에서
바람의 잔에 풍경을 담아 눈으로 마시니
마음은 취하여 갈 길을 잃는다

비틀거리며 구담봉으로
바람에 마음도 흔들리며 구담봉으로
아내와 함께 사다리 병창을 오른다

구담봉 절경엔 무언…
저 아름다움을 말로 전할 수만 있다면
아름답다는 말로 천 번도 하겠다

자기 모습이 보인다는 나이 쯤엔
나도 저 모습을 닮았으면 좋겠다
저렇게 늙었으면 좋겠다

혼미함으로 읊조리며
마음은 바람에 흔들리며 하산한다
그리고 아쉬워도 집으로 집으로…

푸른 초장에 날 누이시사

그곳엔 누가 있기에
그리도 그리워합니까?
잠시도 놓지 않을 그리움을
멀리하기엔
그리도 서러워 눈물이 흐르나요?

산상을 향하여 내 눈을 들리라
오른만큼 내 죄가 씻길 것만 같아
오르고 또 오르며
시간이 내 죄인 양 서둘러 오르나
언제나 난 굼벵이
그래도 턱까지 숨이 차올라
가슴은 옥죄어 괴롭다

나들목 그루터기가 내 안락의자이긴 하나
차마 그럴 수 없음은
이젠 그리움을 애초 제자리에 놓아야 하기에
젊음을 멀리 떠난 노구를 애써 달래며
신상을 오른다

이젠 임은 또 다른 곳으로 날 인도하시리니
푸른 초장에 날 누이시사
어제처럼 날 기다리게 하실 것을…

섬진강

삼월의 섬진강은
졸졸 흐르는 물소리와
반짝이는 은빛 비늘로
생명의 봄이 왔음을 알린다

난…
임께서
이날에 주신 생명의 양식을
무엇으로 받아야 하나?

임께선
깨끗한 마음을
내보이라 하시는 듯
하늘도 청명하다

물밑에 가라앉은 앙금처럼
내 영혼 밑바닥에
더러운 죄악들이 앙금처럼
쌓여 있거늘

어떤 기도가 흐르는 물처럼
그것들을 씻어 내릴까?
눈물에 기도도 가식인 걸
그러나
흐르는 눈물을 어쩌랴

내 아이들

내 아이들은
아침 이슬을 닮아 해맑다

이슬 달린
아침 백합처럼 아름답기도

밤새 별빛을
가슴에 담아 꿈도 많은 것을

엄마 아빠 산이 있어
내 아이가

그렇게 자라고 있음을
우리는 안다

한라산

한라산이
나를 들어 올려 무등을 태운다
먼~ 바다를 바라보라며

바다가 제 모습을 보여주려
백합꽃 향내 나는 안개를 걷어 주며
휘돌아 가는 안개 꼬리 잽싸게 숨긴다

눈부신 햇살에 반짝이는 바다 물결이
천사의 날개처럼 보이는 그곳에
임께서 바다가 되어 우리와 대면하신다

임이시여! 내가 임을 부를 때마다
내 눈에 눈물이 고이지 않은 적이 없음을
임께서 아시나이다

내 기도의 기둥은
내 아이들이오니
부디 굽어살피소서

훗날 그들의 머리 위에
금 면류관이 씌워져 있음을
주님 나라에서 지켜보게 하소서

아멘

할아버지라는 봄 이름

봄으로부터
겨울이 풀죽어 떠난다
겨울 동안
죽어있던 가지가
봄 기운을 받아
꽃으로 환생한다

겨우내
찬 바람에 꺾여 나간 잔가지에
봄은
따스한 바람으로
파랗게 새싹을 틔우며

노란색으로
물들여 개나리
하얀색으로
물들여 목련 혹은
빨간색으로 자목련
산에도
붉게 물 들여 진달래라고
비쁘게 이름 붙인다

봄은
내 삶에도 찾아와
할아버지라 이름붙여 주었다
그리고
또 아빠라는
뒤늦은 봄날도 있다

음악은
슬픈 영혼의 피난처이지만
기뻐
흘리는 눈물과 함께
내 손도
따스하게 잡아준다

여객기

현대판 시조새!
한낮의 햇빛에 금속 날개가
번들거린다

사람들이
스스로 먹이가 되어
주린 뱃속을 채워 주매

열두 시간 동안
어린 왕자의 별들을 지나
조나단 리빙스턴 시걸의 바다를 날아

이태리라는 낯선 도시에
나와 아내가 배설될 것이다
내 삶의 또 다른 간이역 로마

낯선 유럽의 도시마다
아내와의 또 다른 로망을
기대한다

함백산

들꽃이 서러워
산에 산유화가 되었네
검정 씨앗 속에
서러운 내 마음 감춘 채
산에서 살기로 산유화가 되었네
굽이굽이 태백산맥이
내 고향이라
하얀 꽃 검은 꽃 노랑 꽃
함께 산다네
비 올 땐 비 맞으며
바람 불 땐 바람 맞으며
그렇게 살기로 하였네
아라리 아라리 아라리오
애초 살던 곳 버리고
섧디 서러워
내 고향이 함백산이라
함백산에서 함께 산다네

뜨거운 여름일지라도

뜨거운 여름일지라도
내 가슴은 서늘한 바람만 나든다

오늘도 내 죄를 고백할 수가 없었으니
내 양심이 결코 흑심을 덮지 못한다

꽃의 아름다움조차 추악함을 덮지 못하는 것을
꽃의 향기조차 악취를 지우지 못하는 것을

님의 말씀이 생명이시니
바람처럼 내 귓가를 스치는 것이라

여호와여 내 젊은 시절의
죄와 허물을 기억하지 마시고

주의 인자하심을 따라 주께서 나를 기억하시되
주의 선하심으로 하옵소서 시편 25장 7절

아멘

생각하는 사람_(식물인간)

당신은 구름 걸린 산 같은
내 사랑

세상에서
당신만큼 사랑할 수 있을 것이
또 있을까?

당신을 기다리며 세상에서
서성대는 발걸음은 천 리를 걸어도
기억은 끝없는 사랑뿐인 걸

천 년 상사화의 그리움을 넘어
이승에서 잡은 손길을 놓치기
아쉬운 나날들

천 번을 그리움으로 내 사랑을 외친들
그 한이 사라지겠소?

눈물이 강을 이룬들
우리 사랑이 강따라 흘러갈까?

그러나 혹여 그대가 가라시면
그리움과 사랑을 예 놓고 가리다

그래도 내 진정 소원은
이 모든 것이 한밤의 꿈이기를
꿈이었기를…
바람은 하늘만 하다오

---

* 가벼운 교통사고로 입원 중에 같은 병실에서 남편을 지극 정성으로 보살피는 부인을
만났다. 남편은 54세로 15년간 투병 중이었나. 그 사연에 감동을 받아 부인에게 주고
싶어 쓴 글이다. 난 그가 이승도 저승도 아닌 중간계에 머물러 있다고 생각했다. 조심
스럽게 건넨 글을 받아 읽어 본 부인은 눈물을 글썽거리며 고맙다는 인사를 두 손 합
장으로 대신한다. 그리고 조용히 뒤돌아 병실 문을 나가 한참만에야 돌아오더니 나에
게 또다시 두 손 합장을 한다.

설악산 노인

대청봉
오색 약수터 들머리

그루터기 위에
노인이 앉아

대청봉을
천천히 응시한다

그리고
눈시울을 붉힌다

마음은
산을 오르고 있지만

몸은 늙고
쇠약해진 것이다

머지않은
내 모습 같아

나도
눈물이 나려 한다

아내와의 동행

아내와 동행은
세상과 동행이며

아내와 마주하는
아침은

세상에서 또 하루
그로 하여금

존재감을
느끼게 하는 것

보름달

보름에 한 번씩
열리는 둥근 하늘 창

임께서
세상에 귀 기울이며
세상을 엿보시는 날

내 소원을 간절히 빌면
들어 주실 것도…

특별함이 아닐지라도
세상에 내린 천사들을
사랑하시는지라

자봉마을 천사들의
함성을 들으시며

오늘 자봉마을의 밤하늘
유난히 맑고 둥근 달이

너희 소원이 이루어지리라
님의 메시지 같다

태백산

아~ 장대한
저기 태백
영산에 설경이란

가슴 뛰는 감동은
그저 눈물 되어
두 볼을 타고 흘러내릴 뿐

얼굴 스치는 찬 바람
살을 에는 듯 불어대는데
저쪽
작은 눈보라 이는 곳에서

천사가
미소 지으며
내 혼을 놓고 가라 한다

아~
님이시여…
나
이곳에 왜 바람 되어
머물고 싶나니

님의 말씀이
내리는 눈처럼
내 영혼을
감동으로 덮나이다

내 너와 함께하리라
내 너와 함께하리라

오대산 상원사

수많은 발자국

어찌 세조의 흔적만 있겠나?

내 발자국도 있는 걸

잡초라서

잡초 속에 묻힌 걸

별이 된 동무와

저 별은 나의 별
저 별은 너의 별

별빛 닮은 눈빛으로
밤새워 별을 헤이다가

돗자리 위에서 잠들던
어릴 적 나와 내 동무

지금은 늙은 나 혼자만이
그 추억과
그때 그 별을 헤인다…

세월호

이악스러운 욕심 하나가
세상을 삼켰다

바람조차 울고 간
그 자리엔
피눈물만이 고였다

사람들 가슴 가슴마다
시들 줄 모르는
아니 시들 수 없는

한 서린
피맺힌 꽃을 심어 놓았다

피눈물을 먹고야 사는
붉은 꽃을…

길동무

예전엔 한 번도
만난 적 없어 알 수 없는 길동무!

하지만
정서라는 오솔길을 같이 걸으며
알 것도 같은 길동무

갈림길에서 또 다른 길을 간다 해도
아쉬움에
오랫동안 잊히지 않을 길동무

그러다 언젠간 또 만났으면…

그 소망
가슴 한편에 남을 내 길동무
내 길동무…

영서

생의 가을 길목에서
슬픔과 그리움을
청명한 가을밤 별빛으로
가슴을 적신다

홀로 걷는 오늘 밤도
꿈속으로 가는 길목에
나 그대 기다릴 것을

그 옛날
둘이서 별들을 헤이던
그날 밤처럼

까만 밤하늘엔
별 등을 걸어 놓고
까만 밤길엔
하얀 국화 꽃잎을 깔아 놓으리라

행여
우리가 함께 걸었던
그 길을 잃을까…

내 손엔
그대 모습 닮은
국화 한 송이 들고 있으리니

별들조차 하품하며
잠 드는 아침까지
그 자리에 망부석 되어

오늘도
오지 않을 그대
기다리고 있으리니…

마이산

대지로부터

솟아오른
커다란 귀!

하늘의 소리를
듣고자 함일까?

세상의 소리를
듣고자 함일까?

난
임의 소리를 듣고 싶다

고뇌의 쪽배

뜨거운 열기를 뱉어 버린 가을은
차가운 번뇌와 함께
갈바람에 실려 오는 것 같다

가을 바람은 창문을 두드리며
상념의 바다 위에 놓여진
고뇌의 쪽배를 타라 하지만

메마른 가슴 안에 나를 가둔 세월은
바람에 흘러가는 구름조차에도
까닭없이 슬퍼지게 한다

기별 없는 그때 그날들이
나를 뒤로한 것처럼
지금 무심하게 세월을 보내지만

난 언제나
흔들리는 고뇌의 쪽배에 얹혀 항해하는
세상 나그네인 것 같다

내 동무들

내 어릴 적 저 산 너머 미지의 세상이 있었다
내 꿈도 있어 줄 것만 같았다
그러나 지금은 그리움과 추억만이 자리하고 있을 뿐
어린시절 내 동무들이 날 기다리고 있을 것만 같다

내기 장기를 두며 손가락으로 이마를 튕겨
양 이마를 붉게 하던 기억이
지금은 내가 좀 져줄 걸 하는 회한이 남는다
구슬치기에 모두 잃고 아쉬워하는 친구에겐
돌려주지 못한 인색함이 나를 아프게 한다

저녁 땅거미 지기까지 동네 골목을 뛰놀다
엄마가 부르는 소리에 뛰어가는
내 동무들의 뒷모습조차 그립다

보고 싶어 큰 소리로 가버린 친구들의 이름을
한 명 한 명 불러 보지만
메아리가 동무들의 음성으로 내 이름으로 돌아오매
아직 세상을 서성대는 내 가슴만 메이어진다

노인의 가을

사라지지 않는 기억 저편에서
그리움과 애잔함이 섞인 눈빛으로
이쪽을 바라보는 그때 그 추억들이 있다

이미 과거에 머물고 있는 추억들은
그만 찾아오라는 안타까운 눈빛도 있지만
난 저쪽으로 갈 수 있는 쪽문이 있을까?
나도 모르게 두리번거린다

가을답지 않은 가랑비에 마음마저 가난해져
바람에 이리저리 갈팡질팡
바람의 울음 같기도 하늘의 울음 같기도 한
가을비는 내 안의 설움처럼
마음마저 추위에 떨게 한다

가을 하늘

내가 빠져 버릴지 모를 푸른 바다 같은 하늘이
어찌 그리도 청초한가?
산조차 삼킬 것 같은 바다 같은 푸른 하늘을
갈까마귀들도 거꾸로 무리 지어 난다

머리를 다리 사이로 올려다보는 하늘이야말로
올바른 세상 같기도
무심코 저질러지는 세상 이야기들이
거꾸로 들리는 것도 같다

한 가닥 세상 줄을 놓으면
저 망망대해 같은 하늘을 날을 수는 있을까?
푸른 바다 같은 하늘이
너무 파랗다

에메랄드빛 하늘이 시린 가슴으로
눈에 들어와 눈물을 왈칵 쏟아 놓고야 가는
그 푸른 하늘이 작금 가을 하늘이었을 줄이야
내가 가을이 줄을 나만 모르고 지난다

영혼에 돛을 달아

산상에서의 감동은
하늘에 빛으로 내 가슴속까지 닿는다
언제나 가슴은
외로움과 그리움으로 가득 차 있거늘

오늘도
내 영혼의 그릇에 눈물로 기도를 담아
바람의 돛을 달고
두 손 모아 먼 하늘로 띄워 보낸다

임이시여!

내 기도가 하늘에 상달되기 바람을
어리석다 마옵소서
내 어리석음은 이미 태초에 시작되었음을
알고 있나이다

내 발길이 닿는 그 끝이 어디인지를 모르나
내 발길의 끝이 임의 곁이기를 희망하며
내 아이들 또한 영광의 길이옵기를
내 영혼의 그릇에 담았나이다

아멘

운악산 로망

산엔 또 다른 내가 있는 것 같다
산상을 오를 때마다
나를 기다리는 또 다른 생각들이 있기에

옷깃을 스치는 산상의 바람 한 점도
내 가슴을 스치지 않는 바람이 없듯이
산상에서의 내 작은 영혼의 읊조림조차
하늘을 스치리라

운악산의 가을은
눈에 담을 바위들이 너무 아름다워
가슴 빈자리마저 채워 놓으라 운악산은 속삭이지만

난 영혼의 날개로 이 바위 저 바위에서
생애 헛된 날들을 하늘로 흩뿌리며
영원을 날고 싶기에

가을 하늬바람마저 눈시울 젖게 한다
서쪽 하늘에 침묵의 어둠이 다가올 때

운악산은 태양을 외면하며
서쪽 하늘 노을에 슬픔을 담는다

내 슬픈 영혼과 함께

별이 지는 들녘에서

심연 속에 그리움을 채우며
깊어 가는 가을밤
별 하나가 마음 자락을 잡는다

그 옛날 밤마다 찾아와
내 안을 가득 채우던 꿈들
아침 되면 비 맞은 강아지 모습으로
날 떠나던 나날들

세월 지나도 변하지 않은 그때
그 별만이 지금도 날 위로한다
별들이 쏟아지는 밤이면
어떤 날을 기억하며 잠들지 못해
하얀 낙서로 지새는 밤을…

행복이여!
이젠 가슴을 두드린 채 돌아서지는 말아주오
지금은 아내와 저 별을 헤이고 있으니
아내와 사랑의 꿈이 농익는 중이다
별 하나 나 하나 별 둘 나 둘

시간의 마부여 고삐를 당겨라
내 영혼의 마부여 좀 더 천천히
천천히 가자

초등 동문회

하늘이 젖는 날
오래전에
흩어진 넋이 다시 모였다

가슴과 얼굴 모습은
살아온 세상의 역사를 담고는 있으나
언행은 철부지 때 그대로다

가식이란 없다
어떤 자랑도 없다
뱀 같은 허울도 없음을
우리는 너무 잘 안다

거꾸로 돌린 시계 앞에서
우리는
선생님이 교실로
들어오시기 직전 모습들 뿐이다

교장으로 은퇴한 친구도
부하들을 거느리던 장군도
스승 앞에선 모두가 머리를 조아리는
우리는 그저 죽마고우다

길

가는 길이야 또 있겠지
가고 싶지 않은 길도
역시 있겠지
하지만 길이야
내가 가면 길인걸
내가 좋아하는 오솔길
덜컹대는 자갈길
가다 힘들면
쉬엄 쉬엄 가자구
그러다
종점도 있으려니
그 너머
임이 계신 곳도 갈 수 있으려니
뉘라 아니 가겠소

마리

기욤 아폴리네르의
가슴 깊은 축축한 곳에서
진홍빛 선혈로 토한 슬픈 언어가
내 가슴을 동요케 한다

내겐 그 옛날 아픈 기억들로
상처 난 꽃가지에 흐르는
진액 같은 것일 수도

가슴에 흐르는 슬픔은
언제나 님의 곁에서만
흘러낼 수 있었던 아픈 기억들
봄이면 두견화 꽃잎에 묻어 피어난다

이별의 순간은 영원으로의 방랑 같은 것
슬픔조차 사치스러워 바람으로 흘린다
영혼조차 갇힌 채 눈길은 허공만 맴돌 뿐

멈추지 않는 세월만
끝 간 데 없이
무정한 세월 속에

오늘도 하늘엔 마파람으로
빈 구름만 하염없이 넘나든다

몽돌

잔잔한 바닷가 밀려오는 파도에
몽돌 구르는 소리

달그락거리는 몽돌은
아름다운 오케스트라 연주 같다

그런 몽돌은 서로를 부딪치며
모남을 다듬는다

부딪치면 칠수록 각을 세우는 사람들
세상 사람들아!

바다를 마르게 할 수는 없겠으나
바다를 마음에 담을 수 있다는 것을 아는가?

너른 마음의 포용력을…

강릉 경포대

그대가
흩뿌려 놓은 세월들은
산하에
고운 단풍처럼
아름다운 나날이었음을
백양목 아래에서는
백양목 되었고
소나무 아래에서는
소나무가 되었소
때론
장미꽃에 가시도 되었음을
나 말고 또 누가 알까?
닫히면
그만인 문처럼
마음을
닫아 버린 적도 있거늘
내가 죽어 다시 태어난들
고개 들어
다시 볼 면목이나 있겠나?
마주할 세월은
이승뿐이겠거늘
가는 세월
두 팔 벌려 막아선들

구곡간장만 끊어질 듯 아파오는 것을
어찌 말로 다 하리오
다시는 만나지 말자 해도
나는 당신
그림자만이라도 놓고 가라
애원할 것만 같은 것을
알아나 주구려

믿음

임이시여
빵 한 조각에도
감사할 줄 아는 삶을 살게 하소서

어둠 속
한 줄기 빛에서도
희망을 기도하게 하소서

임이시여
어느 때처럼 내 영혼의 숲에서
갈급의 바람이 일고 있나이다

언제나
임을 사랑하는 생각뿐인 것처럼
나 또한 임의 기억에 어린 양이기를 원합니다

들리나요?
터질 듯
내 가슴 뛰는 소리

한밤의
달빛이 믿음의 정화제처럼
내 가슴에 한 줄기 빛을 내리고

죽음에 이를 때 임의 앞에 선
나의 명함은 오직 믿음 한 글자
뿐인 것을
엎드려 내밀게 하소서

양구두미재(태기산)

하늘 구름이 어두운 밤
계곡 사이로 내려
산 너머 아침 해 그림자에
구름바다가 되었다

등 굽은 양구두미재
태기산은
한 되짜리 삶에 덤으로 올려진
내 생명을 닮았다

옛 선비가 한양 가던
양구두미재
청운의 꿈을 안고 한양 갔던
선비가 빈 가슴으로 돌아오며

저 구름바다 모습은
무슨 상념에 젖게 하였을까?
행여 솜 같은
구름 속에
영원한 잠을 청하고 싶지는 않았을는지

양구두미재만이 알 일이다
그러나 뒤돌아보는
양구두미재 엎드린 모습은
순결한 아낙이 숨죽여 울고 있다

추억의 벤치

여름비에 봄의 흔적 지워진 자리에
산까치 한 마리 비에 젖고
떡갈나무 잎사귀에 고인 빗물이 주르륵
참새 머리 위를 구른다

가을엔 낙엽이 바람에 구르던 자리
겨울에 흰 눈이 쌓여
추억의 글자를 아로새기며
봄엔 꽃들이 나비를 부른다

소낙비에 세월의 흔적마저 아련해지지만
그 숲 속 공원 벤치
나와 그대의 추억이
진한 그리움의 안개로 내 눈을 흐린다

동화 동묘 공원

조용한 마을
바람소리조차
영혼에 스미는 마을

세 평짜리
망자들의 가가호호는
검은 빛깔의 문패에
가족들의 이름이
회색으로 단정하게
패어 있다

세속의 굴레에서 벗어난
내 아우야
지금은
너 이제 자유로운 영혼되어
소리 없는 발걸음으로
어딘가를 걷고 있겠지?

난 알 수 없는 곳들을…

추억의 이삭을 줍다

바람 부는 황량한 벌판 위에
내 인생이 있다
그곳에 살아오며
내가 흘린 이야기들을
이제
늘그막에 이삭으로 주워
추억의 자루에 담는다

걷는 소리
앉는 소리
내가 흘린 이야기들을…

그래도
그리움의 허기를 채울 수가 없어
낙엽 쌓인 길을 걷지만
바스락거리는 소리가
내 마음 부서지는 소리가 되어
결국 눈물로
가슴에 내를 이루고야 만다

민둥산 억새 축제

이 가을이 가기 전
난 할 일을 느끼지 않는다
누군가를 그리워하며
그를 기다리는 민둥산처럼
그 자리에서 내면의 소리에
진원지를 찾아 가을에 머문다

어제 핀 억새꽃이 오늘까지
날 기다리지 않는 것처럼
내일 피어날 억새꽃이 오늘
날 마중하지 않는 것처럼
오늘 산길을 걸으며
오늘의 삶을 살아갈 것이다
그것이 오늘 억새꽃이며 내 삶의 꽃이다

날 선 검을 입에 물고
세상이란 여정 속에서
인생을 살기란 쉽지는 않지만
미래를 열기 위하여
오늘 내가 한 일이
내일의 밑거름으로

충실함만이 있을 뿐이다
민둥산을 나는
갈까마귀 날갯짓 한 번에
억새풀 흔들리며
석양은 오늘의 마지막 불꽃으로
민둥산을 비추며 그렇게 서산을 넘는다

가을 길을 걷다

잎새 지는 늦가을 날엔
낙엽처럼 쌓여 있는 기억 속에
붉은 단풍을 가슴에 안고
낙엽 쌓인 이름 없는 산을 오르겠다
마지막 잎새 진 나목들 틈에
나 허울 벗고 서 있어
나목의 진실을 깨닫고 싶기에…
그러나
이미 식어버린 찻잔의 온기처럼
열정 또한 식어버려
벌레 먹은 나목처럼 난 허수아비
바람 부는 데로 내 몸뚱아리 돌아가고
머리 위엔 참새들만 쉬었다 갈 뿐이며
핏빛 같은 기억들만 생의
가을 속에
나그네 눈길로 바람에 실어 보낼 뿐이다

바람

누군가의
그리움의 대상이
당신이기를 원합니다
누군가와
같은 길을 손 잡고 가야 할 사람이
당신이기를 원합니다
어쩔 수 없이
운명을 다하여
다른 길을 가더라도
가슴에 사랑으로 남아있는 사람은
당신뿐이기를 원합니다
그리고
저 세상에서도
다시 만나기를 애태우는 대상이
당신뿐이란 걸
당신도 알았으면 합니다

한 백 년

싸늘한 바람이
낙엽을 휩쓸며
가을을 걷어 갈 때

석양은
담장에 꺾인
내 그림자마저 담장을 넘기려 한다

세월 떠난 그 자리에 남겨진
난
언제나 그리움만 밟고 있으며

가슴은
기다림의 서러움으로
채워져 간다

한 백 년의
아쉬움은
평온과 서러움이 공존하며

남길 것은 위선과
욕망으로 얼룩진 세월을
이 허울의 땅에 묻고 갈 뿐이다

사랑의 이방인

당신을 사랑하는 생각이 하루가 짧은 것은
내 소중한 인생을 주기 때문일까요?
당신이 늘 내 안에 있기에
새벽이면 울어대는 닭처럼
때론 나 또한
그리움을 울음으로 토해 내고야 마는 것을
당신은 알까요?

내가 언제부터 당신에게 이방인이 되었는지
난 알고 싶지 않지만
내 이해가 당신의 이해이기를
밤마다 별을 보며 기도하는 것을 당신은 알까요?
처음 우리 궁합이 잘 맞아 기뻐했던 것처럼
지금도 하나는 하나일 뿐 둘일 수는 없잖아요
우리 생각들에 언제까지 경계선이 있어야 할까요?

당신을 사랑하는 내 마음은 언제나
밤하늘에 별들을 우리 사랑 자리에 별등으로 밝히며
나 언제까지 기다리고 있을 것을…
그러나 다만
당신 돌아올 때쯤 그가 이 자리에 있었지 하며
당신 눈에 후회의 이슬이 맺혀지지 않기를
나 오늘도 기도하렵니다

호명산

산이 내게 이르러
네가 내 안에 들었느냐?

해발 6,324m
꾸불 꾸불 십 리를 올라 호수를 돌고

주봉을 오르고 또 오르다 내려
호수를 돌고 돌다 십 리를 하산한다

산이 내게 이르러
내가 네 안에 들었구나

누구의 말이 감로수인가?

자유로운 상념들이 벽을 넘어
세상을 넘어 하늘을 난다

처음 임의 말씀으로 마음을 채울 때
난 하늘을 날았다

그리고 가슴으로 채우며 감동으로 울었다

하늘에서 내리는 눈처럼 내 어둠을 덮는
환희 같았기에

지금은 빛바랜 양심 덩어리 한 조각
헤매는 영혼이 앉을 자리 찾지 못해
민 허공을 헤맨다

지금 난 길 잃은 어린아이
그들이 전하는 임의 말씀은
내 귀에 날으는 겨와 같기에

내 가슴에 담아야 할 말씀으로
찬미가를 부르며 메말라 가는 내 가슴에
한 줄기 감로수를 대신한다

슬픔의 계곡

푸르다 못해 검붉은 둥근 달빛이
내 마음속에 있는 것처럼
베란다 오죽 가지 속에 갇혔다

가슴속 알 수 없는 공허와 함께
빛은 가슴 복판을 쏟으며
가슴을 하얀 슬픔으로 물들인다

달빛은 그날들을 기억하게 하며
사랑할 기회를 잃은 날들을 향하여
그날들의 마지막 길을 떠나게 한다

그대여!
그대를 사랑했던 날들은 지금 어느 곳을 헤맬까요?
감출 수 없는 그리움에 가슴은 떨리거늘

때늦은 지금
피를 토하며 그대 등을 향하여 사랑한다 소리친들
공허한 메아리는 그대 떠난 빈 가슴만 울릴 뿐

난 언제나
외로운 들판에 버려진 탕아처럼
슬픔의 계곡을 헤매는구려

2017년 1월 1일 동해

어두운 세상 끝에서 십자가가
해 같이 빛나며 하늘로 솟는다

빛은 침묵으로 세상을 비추지만
내 가슴은 소용돌이에 숨이 멎는다

임이시라
내 가슴에 어둠이 하얗게 되도록 불러 보지만

내 가슴 고요
또한 산산히 부서지도록 기도하지만

임은 침묵으로 내 가슴에 부평초처럼 떠돌며
침묵으로 내려다볼 뿐이다

하며 임은
내 은혜로 네 가족의 행복을 빚어주지 아니 하였더냐?
하신다

아멘

우리의 행복

다른 길!

나
알 수 없으나
아내와 걸어온 길이
행복했습니다

그 길에
내 아이들이 있어
우리는
행복했습니다

임이 동행하여
주신 길
반석 같은 행복한
우리 가족의 길이었습니다

임이 있어
영위함을 믿습니다

아멘

영원한 꿈

나 봄이면
그대 가슴에 지난 세월을
두견화로 피어나고 싶습니다

여름이면
붉은 장미로 그대 가슴에
사랑했던 열기로 피어 있으며

가을엔 낙엽되어
홀로 눈 속의 미아로
그댈 꿈꾸겠습니다

또 다른 봄날을 겨우내 기다림으로
세월 위에 나 그때처럼
그곳에서 나와 당신의 영원함을 꿈꾸렵니다

겨울 덕유산

눈 쌓인 덕유산
세상마저 운무로 덮어버린 무릉도원을
아내와 걷는다

바람이 머무는 그곳에 나 서 있어
행여 세월도 멈출 거란
애처로움을 가슴으로 묻어낸다

구름이 발목을 휘감아
영혼마저 덮을 듯
어지러운 세상 그 모두를 덮으며

구름바다 위에 떠오르는 태양 빛이
감동의 눈물로
세상이 무지갯빛으로 변한다

구름바다 위 산봉우리가
신세계로 가는 징검다리와 같다
아내와 손잡고 가는 행복한 그 길처럼…

바람의 천사

바람의 고향은 하늘이려니
바람이 남긴 흔적은 슬픔만 남겨 놓은 채
가슴을 울음으로 채워 놓았다

생식기 암에 사경을 헤매는
일곱 살짜리 진호의 속삭임은
엄마! 나 때문에 고생해서 미안해

철들지 않아도 될 나이에
철든 말들로 가슴 곳곳에 울음 자국을 남겨놓았다
어느 날
하늘도 천둥 번개로 곡이 있던 밤에
바람의 천사 진호가 하늘나라로 쓸쓸히 돌아갔다

난 바람이 남긴 흔적 위에서 눈물로 명복을 빌지만
바람이 사라지는 벼랑 끝에 앉아 바라보는
푸른 하늘에 흐르는 구름은 평화롭다
내 가슴에 슬픔도 구름처럼 파란 하늘만 남기고
그렇게 갔으면 좋으련만

진호는 천국에서 세상을 찾아온 외로운 바람이려니
바람이 하늘로 돌아갈 때 가슴에 점 같은
슬픔 하나 남긴다
사라질 수 없는 영원한 슬픔을…

귀향

내 그리운 고향이
벽에 달려 있어
내 발길이 갈 곳을 잃었다

늙은 여우 숨을 거둘 제
태어난 굴을 향하여
제 몸을 눕힌다지?

나 늙어 고향을 찾았으나
흔적 없는 고향은
추억으로 돌아가고

텅 빈 가슴은
그리움으로 채워진 지
오래이건만

오래전 유랑자 되어
길 따라 찾던 고향이
에 있었네그려

여보시게 화가 선생!
나 그곳에
살게 하면 안 되겠소?

이왕지사 외롭지 않게
십자가 하나 더 지어 주시구려
내 소원하리다

* 화가 방호남 선생님 작품 앞에서

긍휼하심을

천한 몸뚱아리
마지막 날숨을 거두어 주실 나의 임이시여!
내 감정의 둑이 무너지려 하나이다
눈물로 채워진 호수에
임의 혜성 같은 말씀이 둑을 넘치려 하나이다

오늘도 나 자신의 안위를 위하여
내 안에 미움과 시기를 감춘 채
벌레처럼 임의 그늘로 스미나이다
내 안에 담아야 할 말씀들을 담지 못한 채
내 눈에 들보를 깨닫지 못하나이다

시편 25:6
여호와여 주의 긍휼하심과 인자하심이
영원부터 있었사오니 주여 이것들을 기억하옵소서

언제나 임의 그리움이 밤하늘에 흩어진
별들과 같아 내 가슴 안에 정결함이
고독과 슬픔으로 십자가를 적시나이다

아멘

벚꽃

하늘 꽃구름이
땅 위에 내려와

나무에 걸려
벚꽃이 되었다

그리고 잠시 머물다
하늘로 오르기가 겨워

바람을 불러 꽃비로
천지를 춤추게 한다

대관령

내 영혼을 친구 삼아 걷는 길
그리움 하나 하늘에 띄워
내 동무에게 전할 수 있는 곳 대관령!

흰 구름 머리 위에 흐르고
그리움도 흐르고
바람따라 내 마음도 흐른다

내 고향 뒷동산
능선따라 뛰노는 내 동무들
왁지지껄 떠드는 소리 들릴 듯

세월 지나서야 들리는 것은
바람에 마른 가지 흔들리는 소리뿐
눈물에 보이는 것은 신기루뿐이다

찬바람만이 나처럼 그리움에 울다가
그때 그 나뭇가지에
고드름으로 그리움을 달았다

내 기도는 바람이려니

내 기도는 숨어서 부는 작은 바람이려니
손을 들어 허공을 헤집은들
손가락 사이로 제 갈 길 가는 바람이리라

내 삶의 끝자락에서 임은 내 마지막 사랑이시니
내 가슴에 임하시어 내 심장의 노래를 들어 주소서

내가 임을 알기를 천 년이 지난들 어제 같을 것을
내일도 난 임을 찾겠나이다

산상의 바람은 볼 수 없으나
얼굴을 스치는 바람은 님의 손길인 것을
난 느낄 수 있으니

임이시여!
내 가슴이 떨리고 온몸이 떨리나이다

임이시여!
산상에서 올리는 내 기도를 기꺼이 들어 주소서
내 아이들을 위해 기도하나이다

훗날 그들의 머리 위에 금 면류관이 씌워지기를
내 진정 소원하나이다

곰배령

게으른 눈길로 산상을 바라보며
한 걸음 한 걸음
구도자처럼 산상을 향한다

산은 내게 무언을 요구하나
내 안의 생각들은 떠들썩하기만

천상의 화원 곰배령

꽃들은 내 안의 생각들을 산화시켜
미풍에 세속으로 날린다

꽃과 향기 바람 새 풀벌레 소리만
내 안에 가득 채워지거늘

아~
곰배령의 해 저무는 저녁노을은
우리의 영원한 로망 같기만 하다

석성산

까마귀도 제 깃털을 흘리고 넘는 고개
바람조차 잠든 밤은
풀잎에 이슬 맺는 소리조차 정적을 깨운다

새벽 낙엽 밟는 소리가 풀벌레 잠을 깨우며
호랑이 꽃잎 아래 잠자던 잠자리가
비상을 위해 젖은 날개를 파르르 떤다

새벽 닭의 목 메인 울음으로
먹물이 푸르름으로 바뀌는 기적이 일 때
빛은 세상을 깨우며 숲 속을 푸른 비단으로 수놓는다

작은 가슴에 못다 채울 세상 이야기는
숲 속의 순수함으로 내 작은 가슴을 채우며
가슴에 쌓인 세상의 이슬로 하염없이
눈물 젖게 한다

옷소매

나 어릴 적
내 옷소매 자락은
콧물로 늘 얼룩져 있었다
그런데
오랜 세월이 흐른 뒤엔
눈물로 늘 얼룩져 있다

그곳엔
외로움에 떨고 있는
늙은 어린이가
혼자 있기 때문이다

늘 찾아가는 길

내게 좋은 음악은
내 안의 또 다른 감성을 만나기 위한
참선이다

가슴에 담겨 있는
나쁜 기억들과 흔적까지 지우고 싶어
내 안의 고독한 길 위에 여행이다
가려니
임은 그곳에서 만나는 마지막 종결이시니
아린 가슴 안엔 아내와 내 아이들이 남는다
여행은 나를 찾아 떠나는 외로운 고행을 선택하나
음악은 내게 있어
아내와 내 아이들의 손을 잡고 임을
찾아가는 참선이다

광교산

오솔길 걷다
우연히 마주친 노랑 들꽃 하나

무심히 돌아서 가지만
내 마음조각 흘린 줄을 알았네

미처 저만치 걸으며
차마 그것이 조금은 아쉬워

미련에
돌아본 들꽃은 바람에 흩어지고

샛바람이
저만치 꽃잎 안고 간 그곳에

광교산
들꽃들이 별처럼 빛나고 있네요